WITHDRAWN

¿Cómo te sientes hoy?

TEXTO:

Molly Potter

ILUSTRACIONES:

Sarah Jennings

 Picarona

Para Caroline, muy buena conocedora de las emociones.

Puede consultar nuestro catálogo en www.edicionesobelisco.com / www.picarona.net

¿Cómo te sientes hoy?
Texto: *Molly Potter*
Ilustraciones: *Sarah Jennings*

1.ª edición: octubre de 2016

Título original: *How Are You Feeling Today?*

Traducción: *Joana Delgado*
Maquetación: *Montse Martín*
Corrección: *M.ª Ángeles Olivera*

© 2016, Molly Potter
Edición publicada por acuerdo con Bloomsbury Publishing Plc.
(Reservados todos los derechos)
© 2016, Ediciones Obelisco, S. L.
(Reservados los derechos para la lengua española)

Edita: Picarona, sello infantil de Ediciones Obelisco, S. L.
Pere IV, 78 (Edif. Pedro IV) 3.ª planta 5.ª puerta
08005 Barcelona - España
Tel. 93 309 85 25 - Fax 93 309 85 23
E-mail: picarona@picarona.net

ISBN: 978-84-16648-53-5
Depósito Legal: B-10.277-2016

Printed in China

¿Cómo te sientes hoy?

Todo lo que hacemos y todo lo que pensamos
va acompañado siempre de un sentimiento.
A veces se trata de sentimientos agradables,
pero otras veces son horribles.

Algunos sentimientos son intensos,
mientras que otros son muy ligeros.
De estos últimos apenas somos conscientes.
Cuando experimentamos un sentimiento, siempre
podemos elegir qué hacer con él: en ocasiones decidimos
ignorarlo y nos abandona, pero en algunos casos nos
absorbe y no podemos dejar de pensar
en nada más.

Echa un vistazo a este libro:
te proporcionará algunas ideas
acerca de cómo abordar un gran
número de sentimientos diversos.

Si te sientes...

...feliz

ve a la página 6.

...enfadado

ve a la página 8.

...aburrido

ve a la página 10.

...preocupado

ve a la página 12.

...triste

ve a la página 14.

...muy emocionado

ve a la página 16.

...malhumorado

ve a la página 18.

...asustado

ve a la página 20.

...tranquilo

ve a la página 22.

...celoso

ve a la página 24.

...avergonzado

ve a la página 26.

...tímido

ve a la página 28.

Cuando te sientas feliz, puedes...

Intentar hacerte reír a ti mismo. Empieza fingiendo la risa y trata de que pronto sea real. Prueba a hacer muecas y caras divertidas.

Hacer una lista o bien dibujar sitios, comida, gente y otras cosas que te hagan feliz, como, por ejemplo, comer chocolate o hacer volar una cometa.

Hacer feliz a alguien diciéndole lo especial que es para ti.

Silbar o cantar a voz en grito.

FELICIDAD

Me encanta esta caja.

Decidir qué aspecto tiene la felicidad para ti, cómo suena, cómo sabe, cómo huele y cómo se siente. ¡Imagínate comiéndotela o acunándola!

Hacer una colección sobre la felicidad: una caja de cosas que te hagan feliz. Introduce en ella fotografías y cosas bonitas que te hayan dicho.

¿Qué ocurre?

Brincar y saltar, y hacer que todo el mundo se pregunte por qué estás tan contento.

Hacer un *collage* de sonrisas. Recorta sonrisas de revistas y pégalas en un papel. ¡Dibuja también algunas sonrisas más!

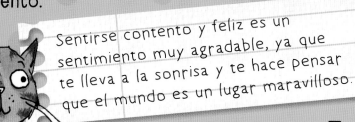

Sentirse contento y feliz es un sentimiento muy agradable, ya que te lleva a la sonrisa y te hace pensar que el mundo es un lugar maravilloso.

Cuando estés enfadado, puedes...

Acurrucarte y hacerte un ovillo, fruncir el ceño y apretar los dientes.

¡Disipaos!

Dibujar montones y montones de nubes que ayuden a que la rabia flote y se disipe.

Me he quedado sin aliento.

Correr a toda velocidad sin moverte del sitio hasta que te sientas exhausto.

Golpear una almohada (¡pero no demasiado fuerte!).

Decirte a ti mismo: «¡Estaré bien!», una y otra vez hasta que te lo creas.

¡Estaré bien, estaré bien!

Cerrar los ojos y hacer unas cuantas respiraciones profundas.

Pasear por el jardín o por el parque.

Contar hacia atrás desde 100. (Intenta no dormirte)

97, 96, 95, 94...

Sentir rabia o estar enfadado es, por lo general, una sensación horrible que te puede hacer torcer el gesto y apretar los dientes. A veces entran ganas de empezar a dar golpes, pero nunca es buena idea, pues podrías hacer daño a alguien o romper alguna cosa.

Cuando estés aburrido puedes...

Sentarte tranquilamente e imaginar que estás en una playa soleada comiéndote un riquísimo helado.

Buscar a alguien y retarlo a una batalla de cosquillas y hacer que ría muchísimo.

Ordenar un cajón revuelto o un estante desorganizado.

Deambular por la casa intentando encontrar en cualquier sitio las letras del alfabeto.

Mirar fotos antiguas y ver cómo has cambiado.

Escuchar música animada y ¡ponerte a bailar!

Intenta dibujar algo que te guste mucho.

Explora tu casa o el jardín y busca los cinco mejores sitios donde te gusta estar.

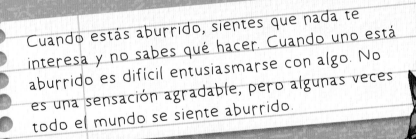

Cuando estás aburrido, sientes que nada te interesa y no sabes qué hacer. Cuando uno está aburrido es difícil entusiasmarse con algo. No es una sensación agradable, pero algunas veces todo el mundo se siente aburrido.

Cuando estés preocupado puedes...

Buscar a alguien en quien confíes y explicarle tus preocupaciones.

Imagina una máquina enorme que pueda sacarte todos los problemas de encima.

Imagínate una burbuja e introduce la preocupación dentro. Sopla y deshazte de ella.

Mira una película o un programa de la televisión que te guste mucho y concéntrate sólo en eso.

Piensa en una melodía bonita o divertida allí donde estés aburrido.

Haz varias respiraciones profundas, muy profundas.

Imagínate que estás flotando en unas aguas tranquilas y azules.

Imagínate a ti mucho, mucho más grande que la cosa que te preocupa.

Sentirse preocupado no es una sensación agradable. Nos suele ocurrir cuando pensamos repetidamente en algo inquietante que podría sucedernos en el futuro.

Cuando estés triste puedes...

Buscar a una persona que suela hacerte feliz y sentarte a su lado.

Buscar un sitio íntimo y agradable y llorar a moco tendido.

Ser amable con alguien.

Soñar con algo que deseas.

Dar grandes saltos hasta quedarte
sin aliento y extenuado.

Bailar a lo loco con una música
con mucha marcha.

Buscar un lugar donde poder sentarte
tranquilamente y ver pasar tus
pensamientos.

Imagínate a ti mismo muriéndote
de risa.

Nos sentimos tristes cuando algo nos preocupa.
La gente se entristece por muchísimas razones,
pero la mayoría de las veces la tristeza
se queda un rato y luego se va.

Cuando te sientas muy emocionado, puedes...

Gritar a voz en grito: ¡¡¡Yupi!!!

Pensar si sientes mariposas en el estómago, o más bien son como burbujitas o fuegos artificiales.

¡Sonreír abiertamente y mostrar los dientes!

Explicar a alguien con pelos y señales por qué estás tan nervioso.

Inventar el «baile del entusiasmo» sólo usando las manos.

Salta lo más alto que puedas, ¡como si fueras a tocar el cielo!

¡Yujuuu!

Aplaude a gran velocidad.

Haz un dibujo que represente lo que es para ti estar muy emocionado (si es que puedes contenerte).

Sentirse muy emocionado puede ser una sensación estupenda. Sucede cuando uno anhela muchísimo que ocurra algo o está disfrutando mucho de algo. A veces, una emoción muy grande hace que sintamos cosquillas en el estómago.

Si estás **malhumorado** puedes...

Sentarte con tranquilidad y quedarte mirando una pared blanca.

Hacer algo muy fácil y que te encante hacer.

Ya me siento mejor.

Salir a la calle, cerrar bien los ojos y dejar que el viento incida en tu cara.

Sentarte y enfurruñarte en un rincón agradable, y, si alguien te pregunta, decir: «Aquí estoy, enojado», y sonreír.

¡Uff, y reuff!

Soplar y resoplar, chasquear la lengua y poner una y otra vez los ojos en blanco: eso te hará reír.

Imaginar que eres un monstruo gruñón y que de pronto aparece un mago y te convierte en un monstruo cariñoso y sonriente que va regalando cosas a todo el mundo.

Tumbarte en la cama e imaginar que están bañándote en gelatina.

¡ESTOY DE MUY MAL HUMOR, de muy mal humor, de muy mal humor!

Intentar decir con voces diferentes: «¡Estoy de muy mal humor!».

Sentirse malhumorado no es nada agradable. Te pones de mal humor cuando estás verdaderamente enfadado, quizá porque estás cansado o porque tienes que hacer algo que te disgusta. ¡Si estás de mal humor tienes ganas de quedarte enfurruñado en un rincón!

19

Si estás asustado, puedes...

Correr muy, muy deprisa, y huir del peligro lo más rápidamente posible.

Gritar y chillar lo más alto que puedas pidiendo ayuda.

Decir claramente que tienes miedo.

Cerrar con fuerza los ojos si esto te sirve de ayuda.

Reírte señalando lo que te asusta.

Imaginar que lo que te da miedo es una cosa tan pequeña que te cabe en una mano.

Piensa en el momento en que aquello que te da miedo ya no existe y tú ya no estás asustado.

Imagínate a ti mismo comiendo un postre gigante con una cucharita.

La gente se asusta cuando corre peligro o cuando se siente insegura y tiene que hacer algo que no ha hecho nunca. Cuando estás asustado, el corazón suele latir con más rapidez.

Cuando sientas que quieres estar tranquilo...

Date un baño relajante de burbujas.

¡Paz, al fin!

Sal a la calle y respira aire fresco.

Busca en tu casa el sitio más tranquilo y siéntate a descansar.

¡Ahhhh!

Tómate la bebida caliente que más te gusta y caliéntate las manos con la taza.

Imagina una bonita mariposa azul que
pasa revoloteando a tu alrededor.

Charla tranquilamente con tu mascota.

Hoy tengo
un día
tranquilo.

Di a la gente que te sientes muy tranquilo
y no quieres bullicio.

Túmbate en la cama y contempla
las nubes desde la ventana.

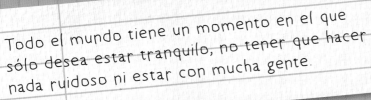

Todo el mundo tiene un momento en el que
sólo desea estar tranquilo, no tener que hacer
nada ruidoso ni estar con mucha gente.

Cuando sientas celos o envidia, puedes...

Ir a tu habitación y contemplar todas las cosas maravillosas que tienes.

Buscar a alguien con quien te encante estar y pedirle que te diga algo bonito sobre ti.

Practicar la alabanza y elogiar a los demás cuando hacen bien las cosas.

Sonreír durante un minuto exactamente.

24

Intentar alegrarte y celebrar los éxitos de los demás.

Decir: «¡Bien hecho!» o «¡Qué suerte!» cuando la gente se lo merece.

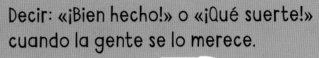

¡Muy bien hecho!

NOTAS

Pensar que eres una persona con suerte: siempre hay alguien que está peor que tú.

¡Un festín todo para mí!

Imagina que eres una opulenta reina, o rey.

Cuando queremos ser como alguien, tener lo que otro tiene, o creemos que alguien prefiere estar con otra persona antes que con nosotros sentimos celos o envidia. No es un sentimiento agradable.

25

Cuando te sientas avergonzado, puedes...

Hacer tantas cosas como puedas.

Tener en cuenta que pronto nadie se acordará de lo que ha pasado.

¡Os acordáis cuando...?

¡No!

Reírte de ti mismo y sonreír recordando lo tonto que has sido.

¡Qué tonta!

Aprender de lo que has hecho para no volver a hacerlo.

Imaginar que estás en un programa de humor de la televisión y haces reír a todo el público.

Recordar que todo el mundo se ha sentido avergonzado alguna vez.

Decir: «¡Ah, esto le puede pasar a cualquiera!».

Preguntar a los demás en qué momentos se han sentido ridículos y descubrir cuál es la historia más divertida.

Te sientes avergonzado cuando haces algo que crees que te deja como tonto o estúpido frente a los demás. Cuando te avergüenzas te puedes ruborizar.

Cuando te sientas **tímido**, puedes...

Decirte a ti mismo que está bien ser una persona tranquila.

Imaginar que todo el mundo se siente como tú.

Comprender que la mayoría de la gente ha sentido timidez en algún momento.

Ser valiente, sonreír y saludar con alegría.

Unirte a alguien que conozcas bien cuando vayas a encontrarte con gente nueva.

Pensar qué cosas sencillas puedes preguntar.

¡Cuál es tu programa de tele favorito?

Hablar de algo que te encanta hacer.

Esforzarte por alabar a alguien.

Sentirse tímido es sentir un poco de miedo o de extrañeza con la gente. Es probable sentir timidez cuando uno conoce a alguien nuevo o está entre personas con las que no tiene mucha relación.

29

Educación emocional: guía breve para los padres

¿Qué es la educación emocional?

Es posible que hayas oído hablar del término *educación emocional* en la escuela de tus hijos y te hayas preguntado por su significado. Es más fácil entender de qué se trata cuando vemos cómo es un niño educado emocionalmente.

Un niño con educación emocional...

✓ Es consciente de ella y sabe explicar los sentimientos que experimenta y hablar de ellos.
✓ Por lo general, comprende qué es lo que causa un determinado sentimiento.
✓ Sabe cuál es la mejor manera de actuar para enfrentarse a un sentimiento.
✓ Sabe tener en cuenta los sentimientos de los demás en cualquier ocasión.

¿Por qué es importante la educación emocional?

Cualquiera que haya intentado pensar con claridad mientras estaba muy furioso comprenderá el poder que tienen las emociones sobre el individuo. Las emociones son parte inevitable del ser humano, y no tienen por qué constituir un problema si contamos con las herramientas necesarias para dejarlas pasar de la misma manera que llegaron. Las emociones sanas «fluyen» constantemente y no permanecen atascadas.

Las emociones son muy reales y no es bueno fingir que no existen o que no afectan a nuestros hijos. Del modo en que los niños aprendan a controlar esos inevitables sentimientos dependerá el impacto que éstos tengan en su vida.

Los niños que pueden procesar bien sus sentimientos...

✓ Construyen y mantienen unas relaciones sanas.
✓ Se comunican de manera positiva y no están siempre a la defensiva.
✓ Se enfrentan a los retos de una manera más positiva y menos angustiosa.
✓ Sufren menos estrés.
✓ Sacan más provecho de la vida.

Si los niños no saben procesar sus sentimientos, se «estancan» en ellos y cada vez que se enfrentan a una situación similar responden experimentando las mismas emociones. Por consiguiente, una determinada situación desencadenará siempre una misma emoción. Así, por ejemplo, un niño que siente mucha timidez siempre que le piden que lea en voz alta porque no acaba de soltarse con la lectura y no sabe enfrentarse a esa emoción de manera práctica siempre asociará la lectura con una emoción negativa.

¿Cuáles son los signos de una educación emocional pobre?

Cuando un niño no ha aprendido bien a controlar sus emociones:
✓ No sabe explicar cómo se siente.
✓ Raras veces habla de sus emociones.
✓ No espera ni pide ayuda cuando se siente mal.
✓ Expresa sus emociones del modo incorrecto, por ejemplo: gritando, dando golpes o enfadándose.
✓ No reconoce de manera consciente que las emociones expresan lo mejor de él mismo.

La educación emocional en los chicos

La educación emocional no se refiere tan sólo a las chicas. En realidad, dado que por lo general se suele animar más a las niñas a expresar sus sentimientos. Las chicas suelen necesitar menos apoyo. De los niños se espera que sean «fuertes», y esto, lamentablemente, hace que consideren que la única emoción aceptable que pueden mostrar es la rabia. Esa tendencia ha hecho que los chicos se sientan emocionalmente «estancados», lo cual no es saludable.

¿Cómo puedo ayudar a mi hijo a que controle bien sus sentimientos?

Los niños pequeños necesitan aprender a controlar sus sentimientos de una manera sana, y eso es algo que aprenden sobre todo de los adultos. Ayudar a que tu hijo tenga una buena educación emocional significa:

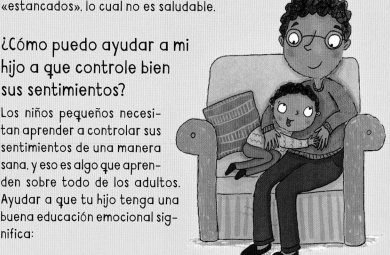

1. Reconocer las emociones

Ignorar o negar el modo en que se siente nuestro hijo causará más problemas. Los niños no pueden evitar las emociones que sienten, que son para ellos algo muy real, al igual que lo son para los adultos. Reconocer las emociones con frases como: «Veo que estás muy enfadado», o «Si me hubiera pasado a mí, me sentiría triste».

2. Hablar de los sentimientos

Habla con tu hijo de cómo se siente y pregúntale cosas como:
- ✓ ¿Qué ha pasado para que te sientas así?
- ✓ ¿Cómo explicarías lo que sientes?
- ✓ ¿Te sentirías igual si eso te hubiera pasado a ti?
- ✓ ¿Qué tipo de cosas son las que te hacen sentir feliz, enojado, triste, excitado, etc.?

3. Ayudar al niño a comprender las opciones que tiene cuando se siente de una manera especial

Un niño no puede evitar sentirse enfadado, preocupado, aterrorizado o disgustado si no tiene una salida, una opción, una manera de comportarse. Este libro aporta algunas buenas opciones para enfrentarse a diversas emociones.

Los sentimientos
son sentimientos
(no se pueden negar)
PERO
siempre hay una
OPCIÓN
una manera
de comportarse
COMPORTARSE | **COMPORTARSE**
COMPORTARSE
cuando te invade una emoción
desagradable

4. Ayudar al niño a pensar qué deben estar sintiendo los demás (desarrollar la empatía)

Un niño que sabe ponerse en el lugar de otra persona tiene más posibilidades de saber responder de manera práctica a situaciones que generan emociones desagradables, de saber hacer amigos y de ser más feliz.

Ayuda a tu hijo a desarrollar la empatía por medio de cuentos, imágenes, películas de la televisión o situaciones de la vida real que os permitan hablar de cómo es posible que se sienta la gente. Anima a los niños a que «lean» las expresiones de la cara de la gente y a que descubran qué es lo que pueden estar sintiendo.

¿Qué otras cosas puedo utilizar para ayudar a mi hijo a controlar sus emociones?

Ver la clave en su comportamiento

Cuando un niño está enfadado, grita o bien permanece aislado en su habitación, está comunicando lo que siente con ese comportamiento. Ésa puede ser una oportunidad para hablar con él de las emociones. Puedes empezar imaginando cómo se debe estar sintiendo y por qué se está sintiendo de ese modo.

Utilizar herramientas visuales

Existen muchas ilustraciones y herramientas visuales (entre ellas, este libro) que pueden emplearse para que el niño aprenda a reconocer y comprender las emociones difíciles.

Gráfico de emociones (*véase* página siguiente)

Si tu hijo ha tenido un día difícil, este gráfico puede ser de gran utilidad a la hora de expresar lo que le ha sucedido y qué ha hecho que se sienta mal y que se sienta bien. Pide al niño que piense en un día determinado y dibuje un gráfico. Para las emociones positivas, dibujará una línea en la parte superior, y para las negativas, una en la parte inferior de la gráfica. Puede, además, anotar qué es lo que hizo que las emociones cambiaran durante el día y hablar de las emociones vinculadas a esos cambios.

feliz

enfadado

aburrido

preocupado

tímido

triste

avergonzado

Gráfico de emociones

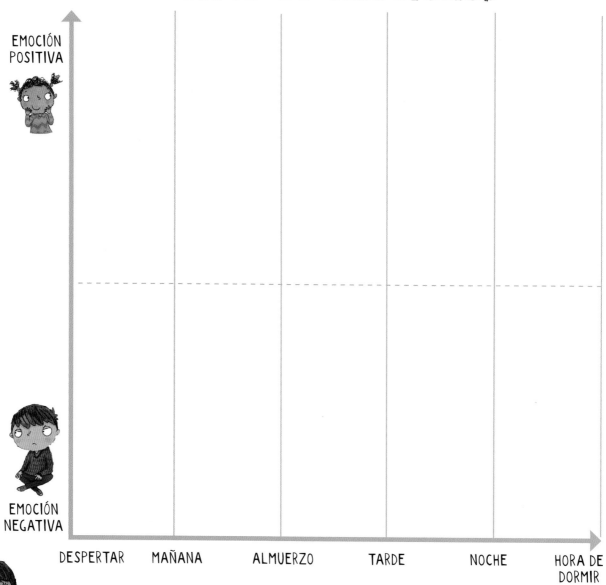

EMOCIÓN
POSITIVA

EMOCIÓN
NEGATIVA

DESPERTAR   MAÑANA   ALMUERZO   TARDE   NOCHE   HORA DE
DORMIR

muy
emocionado

celoso

tranquilo   asustado

malhumorado